ふたば

道山れいん

七月堂

もくじ

ふたば

道山れいん

へんなはなし

だれもしらないなんて
へんなはなしだ
だれもくちにしないなんて
へんなはなしだ
だれもおぼえてないなんて

へんなはなしだし
へんなのはじぶんなのかとおもってくる

だけどへんなはなしだ
それにしてもへんなはなしだ

へんなはなしをつづけよう
へんだとわかるひがくるまで
くるとねがって
へんなはなしをしつづけよう
へんじゃなくなるそのひまで

かなたの星

ぼくはふたばを知らなかった

そんなぼくが行っていいのかわからなかった

「地元の方はどう思ってらっしゃるんです？」

「地元の方はもうほとんどいないんです

そして今やらないと…

ただ時だけがすぎていってしまうんです」

モリシタさんはいった

モリシタさんはアートで双葉をなんとかしようとするプロジェクトのひとだった

＊＊＊

福島県双葉町

福島第一原発から約十km圏内

九六%が帰還困難区域に指定された

他の市町村で
指定解除に伴い帰還が進む中
双葉町はもとの人口の約一・四%しか
帰還が進んでいない

東京都御蔵島村、青ヶ島村を抜いて
「日本一人口が少ない市町村」となっている
（二〇二四年三月現在）

＊＊＊

時だけがすぎていってしまう
時だけが…

ぼくは行ってみることにした
行ってみて手さぐりしながら

考えることにした
言葉にすることにした

小さい古い車で
走っていった

東京と
ぼくの知らないその町は
地続きであるということを確認したかったから

ヘリコプターで
溶けた炉心に水をまいている
そんな映画のような
遠い宇宙のどこかの星のような光景
そのすぐ近くにある街は

じつは東京からたったの数時間で行ける道がちゃんとつながっていて

その電力のおかげで
自分のＣＤデッキがきれいな音を出力できたり
冷蔵庫の氷が大量すぎるほど自動的につくられていたりした

という事実をたしかめるために

見知らぬサービスエリアで
スタミナたっぷりの回鍋肉定食で腹ごしらえして
次のパーキングエリアで最後のトイレを済ませて
最近できたらしい双葉インターチェンジから国道に入った

やっぱりつながっていた
なんら普通の世界と変わらない
でも人がだれもいなくて

酸素のない宇宙の星を走るときのように
どきどきした

地続きなはずなのに
酸素はいったいどこへ？

夜空にかすかに浮かんで見える
かなたの星に来たようだった

ずっと

ずっと待っていた
ずっと待っていた梅
ぼくは抱きしめた

除染がすんで
最近通れるようになった
道を一歩脇に出ると

危険かもしれないことなど忘れて

ずっと立っていた
誰も通らなくなった道のわきで
ずっと立って
毎年花を咲かせた
誰も見なくても

誰も通らなくても
誰かをはげますために
自分をはげますために
きっと

梅は咲いた
咲きつづけた
そんな梅を
ぼくは抱きしめた

梅は

ぼくがきたことを
感じただろうか

宿泊地の
駐車場に着くと
車の中には

思った以上に泥がのこっていた
この泥がどれくらいのことを意味するのか
ガイガーカウンターを忘れてきたぼくにはわからない

車の中に残った泥は
次の朝の夜明けに
空に返そうと決めた

空

とおいとおい空に
ぼくらの来た場所と
むかう場所がある
一度来て
いつか忘れてしまったその場所

空がとおすぎて
でもあまりにも饒舌で
言葉を失ってしまう

どうしたらいいのだろう

どうしたらいいかわからない

ふりかえれば山側に
雲はこおって
薄いレンズをつくり
虹をつくっている

その下に多くの人がいたら
驚嘆の声がもれそうな空

でも今はそこに暮らす人はいない
枯れ草と荒れ地に
工事車両の音が響き渡る

かつてここに住んだ人は
日々
こんな近しい表情豊かな雲と
海側

山側
それぞれに
対話してすごしたのだろうか

東京から来てたまたまの空に
これほど夢の中のような別世界と思えるような

それほど〝人格〟ともいえるような
土地のゆたかな顔
そのひとたちはその奇跡を意識することなく
土地への純粋な愛情として
言葉にもせずに心のなかに代々はぐくんできたにちがいない

どうしたらいいのだろう
どうしたらいいかわからない

言葉にする
とりあえず言葉にしたぼくの言葉

言葉を超える空がある

ただ　それだけ　わかった

そそぐ

雲　雲　雲

雲が受け入れてくれた
ひかりが見ていた
雪ぐもの中に虹
どうすれば
どうすればいいかわからない
どっちにもすすめない

一歩入った先が

安全なのか　危険なのか　入っていいのか　禁止されているのか

すら　わからない

ひとりぼっち

海鳴り

工事現場
重機の音
立ち入り禁止区域
仕事帰りの工事のおじさん
おそるおそる声をかけた
「シバハリをしてました」
「シバハリ？」

芝を貼ってたんです
ここは公園になります
たくさんの人が
笑顔になってくれるように
見せてくれたのは

こどもと自慢のローバーミニの写真
笑顔のこして七〇kmはなれた家まで帰っていった

雲のむこうに
海が見えるかもしれない
おこられること覚悟で登ってみた　風の堤防

吹き飛ばされることすら覚悟で
少しだけ海が見えた！　その瞬間
案の定　トラックが止まった
大声でどなってる!!

…でもよく聞くと

「あっちの方が海見えっから！

あすこを曲がれば行けんだよ！」

はちまきのコワモテのおじさんの

親切なやさしいこころ
彼もまたおそらく
近県から来た
たのもしい力

ぼくにとっては初めての海だけど
誰かにとってはなつかしい海

広い広い大地
ながいながい一日
川は砂を削り
そのたびにボラが激しく跳ねる音そっくりの音に驚く
自分で書いた詩を読む
「しあわせでいいじゃない」

しあわせでいいじゃない　しあわせでいいじゃない
よみつづけるぼくのうしろに気配
中学生くらいの男の子が聞いていた
ぼくは知らぬ顔して読み続ける
男の子は聞いていた
たぶん
ぼくの言葉か　風の唄か

少し言葉をかけた
彼も関東から来たという
自転車で回ってるのだそうだ
理由は知らない

ふたば
めぶきて
ひかり
そそぐ

いつかまた
帰る日　夢見て

よそのひとたち

想いそそぐ

竹取の翁

おじさんが
畑で
白いものをまいてる

「こんにちは
何まいてるんですか」

「除草剤だよ

竹の根っこがいっぱいあってよ」

おじさんは
手につかんで
白い粉をまいている

竹の根は

除草剤で
消えるのか

除草剤は
素手でつかんで
だいじょうぶなのか

おじさんはひとり
誰もいない
広い広い畑の隅にひとり

「ぜんぶ金《かね》だよ　金」

おじさんはつづける

「もらう金額がいろいろある
だから動ける人は動けるし
動けない人もいる
オレはここにとどまった」

そんなことを

当地の言葉で教えてくれた
おじさんの言おうとしたことが
ほんとうにそうだったのか
それが正確な事実なのか
ぼくにはわからない

おじさんは
まるで花咲かじいさんのように
除草剤の白い粉を
自分のてのひらで
頑固な竹の根が埋まる

畑の隅にまきつづけた

まるでおとぎ話のように
枯れた根からいつか咲くのは
桜か
小判か

かぐや姫か
大いなる喜びを与えたあとに
どうしたらいいのかもわからず
いつかだれかの迎えを待つように

おじさんはずっとまきつづけていた

モリシタさん

モリシタさんがやってきた
モリシタさんはぼくらに
ふたばのことを
教えながら車を運転してくれた

ここがあの有名な
ゲートがあった場所です

今はなにもありませんけど
ここはにぎやかな街いちばんの
商店街だったんです
写真撮りますか

原子力　明るい未来の　エネルギー

川がキラキラ
今は春
静かだ
どこかなつかしい
ぼくらは川面のひかりを撮った

こちらは神社です
初發《しょはつ》神社と読みます
今　ちょうど宮司さんがおられます

まわりの家にはだれもいない
更地になっているところも多い
でも
この神社だけは
ずっと前からここにあることがわかった

そして　いのちがあった

神社の建物が再建されると
宮司さんは帰還困難区域に指定されている頃から
ここにいて
「誰が帰ってきてもいいように」

待っているのだそうだ

「誰も来なくて
一日中　手水《ちょうず》の音を聞いている日もあります」

たんたんと
お供えの台に朱を塗りながら
笑って宮司さんはこたえた

「読んでもいいですか」

ぼくはきのうこの街に着いて
すぐ書いた詩を読んだ

・・・「そそぐ」・・・

宮司さんは言った
「これ　奉納してもいいですか」
そしてすぐに

御神前に奉納してくださった

境内の中だけは
きっとずーっとかわらない

普通の
いのちある
場所だった

ずっと風が吹いてた
水の音が聞こえてた

モリシタさんはさらにぼくらをつれてってくれた

もう閉じてしまった酒蔵

でも酵母を海外で

新たな酒造りに生かしているという

その向かいの空き地には
草が生えていて
スコットランドにいるように思えた
風が吹いている

これが図書館です

七七〇〇人いた町民に対して

シュウカスウが多いんです

シュウカスウ？

収架数です

本を置ける棚の数

それほど　町はうるおっていたんです

大きなガラスからのぞけば

図書館の中は

イスも本もそのままだった
カラスがずっとこっちを見てた
カメラになにやら
しきりに話しかけていた

図書館の前には大きなグラウンド

ここで盆踊りをおどったんですかねえ？
かもしれませんねえ

ひかりと雲

ぼくは動画を見て少しだけおぼえてきた
双葉音頭をおどった
町への挨拶が
できたような気持ちに勝手になった

こちらが復興住宅です
住んでる方もいるから
カメラを向けないでくださいね

駅の向こうに復興住宅
新しい建物がまとまってたっていた

おじさんが
ぼくらの車を
じーっと見ていた

モリシタさんは言う

除染のやり方　知ってますか？
洗い流して
土をまぜるんです
下の土と　ひっくり返すイメージ

洗い流して
まぜるんだ

まぜるのか…

ここでは目の前に起こる現実
あーだこーだ言う前に
みんな必死で
やれることをやってる…

五六パーセントのひとが〝もう戻らない〟と考えていて
今　じっさいの帰還率は一・四パーセントなのです
まわりの街よりさらにひくいのです

モリシタさんは稲荷神社にある前田《まえた》の大スギや

みんなが避難したという山の中腹の諏訪神社にもつれていってくれた

夕暮れは
川がまたきれいだった
あまりにも光が美しくて

橋のたもとに車をとめて
ずっとながめていた
ずっとずっとながめていたかった

それからいくつかの
いまだ立ち入り禁止エリアへの

封鎖されたポイントを教えてくれた
美しいかつての役場の前の道も　すぐ先が封鎖されていた
日が暮れてきた
風は強い
五時のサイレンのかわりに
なんかうたがながれたような気がする

それじゃ私はここで
これから東京に戻ります
今日は日曜

町にはどこもごはん食べられる店がないので

気をつけてください

モリシタさん　ありがとう

モリシタさんは
双葉にくわしい
何回も来ているのだ
こうやって誰かを案内したりして

帰還率を上げるほうがいいのかどうかの前に

とにかく知ってほしい
わすれないで

そんなふうに思っている気がした

わかった
わすれないよ
知るよ
だから
まずこうして来てみたよ

モリシタさん

ふたば

町のはしっこと思われるところに
小高い山がある
諏訪神社
急な階段
かけのぼって
多くの人が
すくわれたのだという

日がかげって
さびしい昼下がり

煙草の話は
しないでと言って

しんとなった一団
ああ余計なことを言ったと
いつものように後悔した
でもいつもと同じ
出した言葉は戻せない
さびしい気持ちになって

林の向こうに見える
請戸《うけど》の海をながめた

あっちの方からも
この場所に
みんなが逃げてきたんだなあ

でもその地を知る人が
教えてくれた
請戸の方からだと
この神社ではなく
この山の反対側のほうになります

そうか
そうだよなぁ
知らないことばかりだ
そして　うすらわかったときに
また知らなかったことに気づく

ぼくはまた
深くさびしくなった

ああっと
声がした

気がしたが
実は声は出ていない

声が出たくらいの
熱量が
背中から出ていた

さっき煙草の話をして
ぼくがいらぬ注意したカメラマンが
じっと接写で撮っていたのは切り株

そのまんなかに
信じられないほどまんなかに

芽が生えていた

ふたば

ひらきて

いのち
めぐる

戻せない言葉
戻せない　時

融通の効かない「時」というものは
新たなやりかたで

ぼくに教えようとした
そのときほわっと日が差して
帰りの階段は

リラックスしてみんな話しながら
降りていった

とれない魚

「請戸《うけど》の港はひらめがおいしいんですよね
ひらめのほかにもとれるんですか」

「とれない魚の方が少ないよ」

震災遺構　浪江町立請戸《うけど》小学校
掃除をするおじさんが教えてくれた

すべて津波に流されたあと
のこる教室
今は遺構として開放されている

太平洋の潮がぶつかる豊かな海
万葉の響きがする請戸の浜

今はただ　風がふきすさぶ

体育館の二階にはジオラマがあり
かつてこの町に住んだ人たちが小さな旗を立てていた
「ここで花火を見た」
「この海でデートした」
「ここにはいっぱい家がありました」
記憶の地図
忘れないように

あの日々を忘れないように

案内してくれた女性は
この小学校の出身
「必死で逃げました」
涙ぐむ目から伝わるその日の寒さ

ちらつく雪

教頭先生がみんなの脱出を確認してから最後に避難したのは

津波到着二五分前

みんなで山に逃げた
「気がついたら双葉町に入ってた
遠くまで歩いたんだと知った」
と当時の小学生の回想
雪が降り出す中
歩いていると

いわきナンバーのトラックがとまった

「みんな乗れ！」

荷台に乗せて浪江町役場の避難所に送り届けてくれた

よくぞやってくれた

生徒も先生も全員無事

〝とれない魚の方が少ないよ〟

とれない魚

まぼろしのようなその魚
記憶と想像の網で
すくいあげる

その日のことを

ふるさとを

なくすということを

なみえやきそば

お昼に食べた
なみえやきそば
ラードで炒めた太麺やきそば
力仕事にぴったりの
うどんのような
ぶっといやきそば

ふたばの宿はいっぱいで（工事の方が多いのだ）
浪江町に泊まった
海岸の道路から
浪江町に入ってしばらくすると

なにもない

なにもない平野から

急になつかしい
「人の気配がある町」になる
そこからが
「津波が来なかった場所」なのだ

そこにはホテルがあり
イオンがあり
みんな買い物している

道の駅もある
エネオスもある

なみえ……

ふたばよりも
少しだけ原発からはなれてる町

東京では

たいへんな状況だと認識していた

入れないところも多いと聞いていた

だけど

ここでは

なみえに入るとほっとする
人の暮らしがある
自分の知ってる「町並み」がある

土と砂と水たまりだけの
延々つづく広大な平野から

アスファルトの道路や溝や

塀や庭や家屋がある
ふつうによくある
町並みになる

住んでない家もおおいけど

なにはともあれ

町並みになる

町並みになると
ぼくらは息ができるようになる
さっきまで
遠い遠い星に立っていたのだと

気づくような気になる

地続きなのに

海が洗ってしまった場所は

月のかなたに帰ってしまう

しらんかお

誰かのことは　知らん顔
おこられるから　知らん顔
めんどくさいから　知らん顔
目をつけられるから　知らん顔

たとえ家族でも　知らん顔
ほんとは家族なのに　知らん顔

仲間であっても　知らん顔
なにがなんでも　知らん顔

おこったり
わめいたり
さけんだり

誰かのためにはいたしません

それはプライド?

いや

こわいから

自分のときでも
知らん顔
困ったときでも
知らん顔
助けてと泣いても

知らん顔
飲み込まれそうでも
知らん顔

いつでも冷静
それが社会人

社会人と人間
そのちがいを
おしえてよ

と　聞かれても

しらんかお

しらんかお

すんなよ

ぼく

ふるさと

うしなわれたふるさと

ぼくにはふるさとがある
福岡県大牟田市
三池炭鉱のあった城下町

人口は半分以下になったけど
まだ　昔の町並みがのこっていて
なつかしい人がすんでいる

うしなわれたふるさと

ふるさとをなくすというのは
どういうことなのだろう
かえるに　かえれない　どんどんかたちをかえていく
ふるさと
もうふるさととよべない

うしなわれたふるさと

それでも
かえりをまつひとがいる

その人に会いに
地球のいろんなところから
人が訪れる
言葉をかわす

そんなふるさと

そこはふるさと
だれかのふるさとのかたちをこえて
みんなのふるさと

かえれないから
みんながこころに
いつもおもっている
みんなのふるさと

ふるさとをなくすというのは
どういうことなのだろう

そして

ふるさとをまもるということは……

ふたば
めぶきて
ひかり
そそぐ
いつかまた

帰る日　夢見て
ぼくら
ひとりひとり
ひとつひとつ
想い
そそぐ

空の話

人人人人…　東京の街にはひとがいる
風風風風…　ふたばには風が吹いている

ふきっさらしの広大な平野

巨大堤防と海
堤防の下にはまだ赤ちゃんの木の防風林

風はごうごうと山から海に抜けていく
吹き飛ばされそうになりながら
ぼくは堤防を歩き
夜あけの海に向けて

YouTube でおぼえた
双葉音頭を

おどって奉納する

このまま…

まだ暗い海に
飛ばされてしまうかも
ふたばには風が吹いている

から

長い時間かけて
東京に戻り
車で首都高二号線をおりれば
ひとひとひとひとひと…
見たことないような（忘れてるけど数日前まで毎日見ていた）

高層マンションに
これでもかこれでもかと人がつまっている
ギュウギュウのパンパン

もし津波が来たら
炉が吹き飛んだら

どこに逃げればいいのだろう

一か所だけ逃げ場がある

とすれば

それは空

空だ

建設現場のおじさんと仲よくなるきっかけとなった

古いローバーミニで

空から舞い降りるように
首都高出口を
くだり降りながら
ぼうぜんとしながら
ぼくは救いをもとめた

それでも
誰もいないよりいいと思った

そして
この街の人達は

すっかり
あの町をわすれていると思った

ふたば

それは終わった話じゃない

今　芽吹いてるんだ

誰かの話
自分の話ではない
誰かの話
自分の話ではない
誰かの話
自分の話ではない…

そう思っていたのに……

ぼくには今は

命にかかわる

空の話

ただいま

ただいま　と言えばもうそこは自分ん家
おかえり　と言えばもうそれは家族

ただいまとおかえりが消えてしまった
町は
地球から切り離されたかのように

遠い宇宙をさまよっている

東京から地続きのはずなのに

自分の話ではない
今日もやることがある

いそがしい

コロナの時代をへてすっかりもうわすれてしまった

きっともう終わったことだ

そう思われて

ふるさとは宙ぶらりん

無言の宇宙をただながされる

自分ん家も　家族も　どこに……

ただいま　ふたば

おかえり

とかえして　　　　ね

あの

神社の
切り株に生えた
あなたは
ふたば

ぼくがふるさとに
しても
いい？

そして今日も

ぼくにとっては初めての海だけど
誰かにとってはなつかしい海
人は去り
しずけさがのこる
だからぼくは風の声をきく
海のうたをきく
空からの光につつまれる

カラス　ひばり　鳥たちと会話する
いつでもみんなが帰ってこられるようにと
社《やしろ》を守る人がいる
一日中　手水《ちょうず》の水の音をきいて
すごす人の
心の底からの清らかさ

水はもう湧き出している
とまることなく
そして今日も　日はのぼる

あとがき

歴史上、例を見ない
地震・津波・原子力災害という
経験をへた町、双葉。

その場所のありのままにむきあい、
何かを見出す「ホープツーリズム」がはじまっているという。

だれかのふるさと、
かえれないふるさと、
かえろうとするふるさと。

それはあらゆるひとのふるさとになれる。
可能性がある、はずだ。

——道山れいん

道山れいん
Michiyama Rain

東京大学文学部国文学科卒。詩人。
2019年　フィンランド・ラハティ詩祭映像詩部門で日本人初の優秀賞。
2022年　朗読詩の大会「Kotoba Slam Japan」全国優勝。
2023年　国際ポエトリースラム大会・パリPSW（20ヵ国）とリオWPSC（40ヵ国）に日本代表として出場、リオデジャネイロでは日本人初の準決勝進出。
2024年　台北市での国際ポエトリースラム準優勝。

詩集『水あそび』『水の記憶』『しあわせでいいじゃない』

ふたば
2024年11月30日 発行

著者
道山れいん

発行者
後藤聖子

発行所
七月堂

154-0021 東京都世田谷区豪徳寺 1-2-7
Tel 03-6804-4788
Fax 03-6804-4787

協力
森下泰地

装丁・組版
川島雄太郎

印刷・製本
渋谷文泉閣

乱丁本・落丁本はお取り替えいたします。
 ISBN 978-4-87944-594-0 C0092